La Fille
DU PIRATE,

NOUVELLE,

*Par Hippolyte M***.*

PARIS.

TERRY, LIBRAIRE,

AU PALAIS-ROYAL.

—

1834.

LA FILLE DU PIRATE.

Paris. — Imprimerie d'Éverat, rue du Cadran. n° 16.

La Fille

DU PIRATE.

— NOUVELLE —

Par Hippolyte M*.**

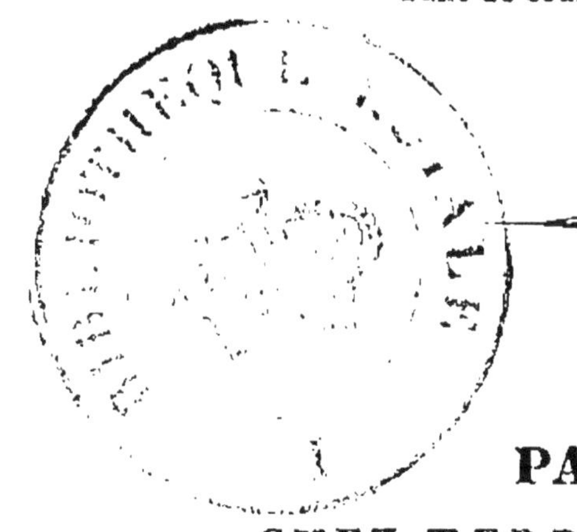

PARIS.

CHEZ TERRY, LIBRAIRE,

AU PALAIS-ROYAL.

—

1834.

PRÉFACE.

On sait que les Grecs, après la bataille
de Navarin et les trois mémorables jour-
nées de juillet 1830, conçurent un moment l'espoir d'être délivrés du joug qui
pesait depuis si long-temps sur eux. Mais
ce cher espoir ne se réalisa pas. Le sys-
tème de gouvernement que l'Europe se
décida enfin à leur imposer, fut un dés-
appointement cruel pour ces patriotiques
enfans de l'Orient, si fiers de descendre

des Mi'tiade et des Thémistocle. Les plus modérés murmurèrent tous bas ; les moins endurans conspirèrent, prirent les armes, se révoltèrent ouvertement, ou parcoururent les mers et firent main-basse sur les navires des nations les moins libérales. Plusieurs aventuriers, courageux ennemis de l'absolutisme et de la féodalité, se joignirent à eux, et l'on vit de nombreux combats se livrer journellement dans les mers du Levant, et même dans les parages les plus éloignés de la Grèce.

J'ai essayé d'esquisser un de ces combats de mer à la fin de cette Nouvelle, dont les trois premiers chapitres sont imités, très en raccourci, du *Don Juan* de lord Byron. Je n'ai pas eu la prétention de faire un poème, en imitant quelques stances du meilleur poète anglais. Je ne donne mes qua-

trains que pour de la prose non soutenue ,
rimant quelquefois par l'effet du hasard.
L'engagement naval que j'ai ébauché a lieu
entre un corsaire des Cyclades et un croiseur hollandais. Il est inutile de dire que
la victoire reste aux libéraux : en pour-
rait-il être autrement?.. Puisse le grand
conflit qui est depuis si long-temps en-
gagé en Europe entre les rois et les peu-
ples, se terminer d'une manière moins des-
tructive; puisse la lumière se répandre peu
à peu, les vieux préjugés s'écrouler, une
sage liberté trôner sur la terre, le com-
merce et les arts fleurir avec la paix, et
le bronze ne servir désormais qu'à éterniser
la mémoire des hommes vertueux!

LA FILLE

DU PIRATE,

CHAPITRE Iᵉʳ.

Don Stéphano naquit près de Cadix.
En ce pays dames et bergerettes
Sont sans détours, fidèles et discrètes ;
Hormis, peut-être, une seule sur dix.

Un petit mot ou deux sur sa famille :
Son père était un bon vieil hidalgo,
Issu du sang le plus goth de Castille ;
Il se nommait don Carlos d'Amalgo.

Jamais, depuis le règne d'Isabelle,
On n'avait vu plus noble cavalier
D'un andalous escalader la selle,
Et voltiger sur le fier destrier.

Sa mère était une femme étonnante.
Que de talens ! que d'érudition !
On ne connaît langue morte ou vivante
Qu'elle ne sût dans la perfection.

Elle avait lu Confucius, Moïse,
Athoth, Lycurgue et Sanchoniaton ;
Elle entendait Zoroastre, Platon ;
Elle expliquait les canons de l'Église.

Elle parlait, aussi bien qu'un normal,
L'hébreu, le grec d'Homère et de Pindare,
Le japonais, l'anglais et le tartare.
Quant à sa langue, elle la parlait mal.

Lorsque son fils eut dix-huit doux printemps,
Elle voulut, femme prudente et sage,
Que le garçon voyageât quelque temps,
Pour voir le monde et prendre un peu d'usage.

Elle tenait surtout à ce qu'il vît
Londres, Berlin, et Vienne, et l'Italie,
Ne doutant pas qu'il ne fît grand profit
De la morale en ces lieux accomplie.

Il s'embarqua, bien muni de ducats,
De bons avis, d'une traite sur Rome,
Et d'un billet pour un vieux gentilhomme
Riche et puissant, dont on faisait grand cas.

Il n'avait pas une nombreuse suite :
Un domestique ou deux, plus un docteur,
Alvar Pédro, savant comme un jésuite,
Qui lui devait servir de directeur.

Pédro parlait au moins cinq ou six langues,
Et dans chacune il aurait pu briller
Comme jadis Eschine en ses harangues ;
Mais pour l'instant il ne pouvait parler.

Le mal de mer lui coupait le parole ;
Dans son hamac, le nez sur l'oreiller,
Il n'aurait pu, pour tout l'or du Pactole,
Articuler une phrase en entier.

Il maudissait, dans le fond de son ame,
Les vents, les flots, son rôle de mentor,
Et don Carlos, et son fils, et sa dame,
Qui l'exposaient... Au fait avait-il tort ?

Non ; car le soir l'air fraîchit, et la brise
Se convertit tout à coup en mistral.
« Cela n'est rien, dit, d'un ton magistral,
Le capitaine au chef de l'entreprise.

— Si fait, dit l'autre ; il paraît peu douteux,
A voir ce ciel lugubre et sans étoiles,
Que nous risquons de perdre un mât ou deux,
Si nous tardons à carguer toutes voiles. »

A l'instant donc mousses et matelots
Avec ardeur se mirent à l'ouvrage ;
Mais on ne put résister à la rage,
A la fureur du mistral et des flots.

Pendant la nuit une trombe effroyable
Mit le gréement du navire en lambeau ;
Il n'eût fallu qu'un second coup semblable
Pour tout plonger dans l'humide tombeau.

Le lendemain, au lever de l'aurore,
Sans gouvernail on trouva le vaisseau ;
Ce n'est pas tout ; on s'aperçut encore
Qu'il avait fait quinze ou vingt pouces d'eau.

2

On pompe... enfin on découvre une voie :
On la calfeutre avec des mérinos,
Des casimirs, des étoffes de soie,
Sans faire grâce aux tissus de Ternaux.

Dans ces travaux se passa la journée.
Le trois-mâts prit quelque peu le dessus ;
Et quand il fut en Méditerranée,
Il ne faisait qu'un pied d'eau tout au plus.

Mais vers le soir survint une risée
Qui le jeta sur le flanc de stribord ;
L'instant d'après l'étrave fut brisée,
Puis il tomba sur proue et sur bâbord.

Il ne restait de toute la mâture
Que le beaupré ; d'un commun sentiment
On l'abattit, pour changer la posture
Et rétablir l'aplomb du bâtiment.

Le lendemain on eut quelque espérançe ;
Au point du jour le mistral se calma ;
Mais cependant, hélas! quelle apparence
De se sauver, sans gouvernail ni mât ?

Non, leur salut ne semblait pas croyable ;
Mais en tel cas on doit tout employer
Pour échapper à l'onde impitoyable ;
Il n'est jamais trop tard pour se noyer.

On amarra sous quille un bout de voile.
Quelque succès couronna cet effort ;
Un grain propice enfla la frêle toile ,
Et le trois-mâts (sans mât) prit son essor.

Il avançait ; mais, hélas ! la fringale
En ce moment avançait avec lui :
L'onde salée, en submergeant la cale ,
Avait gâté le pain et le biscuit.

Le matelot tient fort à sa pitance
Et là-dessus n'a jamais badiné ;
Le ventre plein, il rit, il chante, il danse;
Mais il rit peu quand il n'a pas dîné.

Bientôt la mer reprit toute sa rage,
Et de nouveau bientôt mugit le vent.
On ne pouvait éviter le naufrage,
L'eau pénétrait et d'arrière et d'avant.

On la chassait avec persévérance,
Et l'on ne vit qu'on s'était abusé,
On ne perdit la dernière espérance,
Que quand le cuir des pompes fut usé.

Chacun alors tint sa mort pour certaine.
Le lieutenant courut, pâle, éperdu,
A la cabine, et dit au capitaine :
« Tout est fini, Guzman, tout est perdu! »

Dès-lors on voit triompher l'anarchie,
Le désespoir, la désolation ;
De tout devoir la limite est franchie ;
Plus de respect, plus de soumission.

L'un de frayeur a perdu connaissance ;
Son compagnon s'arrache les cheveux ,
En maudissant le jour de sa naissance.
Un peu plus loin on prie , on fait des vœux.

A deux genoux on implore la Vierge ;
On se repent de ses péchés passés ;
On lui promet, si l'on échappe, un cierge ,
Et même deux, si d'un ce n'est assez.

Les plus hardis équipent la chaloupe
Et la pirogue , ou le petit canot ;
Car on avait perdu celui de poupe.
Dans la chaloupe entra don Stéphano.

On y jeta ce qui restait encore
De biscuit sain , plus un maigre jambon ,
Un broc de rum , un peu de hareng-saure,
Un muid d'eau douce et du rac assez bon.

Puis , quand on eut bouché ses ouvertures ,
Quand on eut fait son mât d'un aviron ,
Et sa grand'voile avec deux couvertures ,
Elle reçut trente hommes environ.

Ce n'était pas le tiers de l'équipage.
L'autre bateau n'en put prendre que huit.
Le reste en vain s'ameuta , fit tapage ;
On s'éloigna de bord avant la nuit.

Les délaissés , le désespoir dans l'ame ,
Comme des fous couraient sur le vaisseau ,
Et frémissaient de crainte à chaque lame
Qui s'y glissait , et creusa't leur tombeau.

Depuis trois jours, dans un péril extrême,
A le braver ils s'étaient essayés ;
Mais maintenant c'est la mort elle-même
Qui vient s'offrir à leurs yeux effrayés.

Le même jour, vers minuit, le navire
Prend une nappe ; il fait comme un faux-bond,
Semble hésiter, se balance, chavire,
Puis tout à coup s'arrête et coule à fond.

Ce fut alors que de la plaine humide
Un cri d'effroi s'éleva jusqu'aux cieux.
L'un, d'une voix étouffée et timide,
L'autre, en hurlant, fait ses derniers adieux.

Plus d'un, saisi d'une rage subite,
Recourt au fer et termine son sort ;
Au fond des eaux plus d'un se précipite,
Impatient d'y rencontrer la mort.

A ces horreurs succède un noir silence.
Plus de clameurs , plus de gémissemens.
Le flot avide en bondissant s'élance ;
On n'entend plus que ses mugissemens.

Mais revenons à notre petit drôle.
Il prit le large avec le bon docteur.
Tous deux semblaient avoir changé de rôle ,
Et le jeune homme était le directeur.

Pauvre Pédro ! sa frayeur était telle
Qu'il ne disait qu'un mot par-ci par-là.
Le malheureux en perdra la cervelle ,
S'il en est quitte encore pour cela.

Ah ! j'oubliais... mais c'est fort peu de chose :
Notre héros avait un épagneul
Qu'il chérissait... un présent de don Jose-
Miguel-Fernand de Castro , son aïeul.

Son nom... Faro, je crois. Pendant l'orage,
Notre roquet hurlait comme un lutin ;
Il prévoyait sans doute le naufrage,
Car il était doué d'un rare instinct.

Son jeune maître, avant que d'y descendre,
Dans le bateau jeta son cher Faro.
Il mit aussi tout l'argent qu'il put prendre
Dans ses goussets et dans ceux de Pédro.

Comme il voulut Pédro le laissa faire,
Sans dire un mot, sans même y regarder :
Il méprisait tous les biens de la terre,
La terre seule alors l'eût pu tenter.

Les deux bateaux voguaient avec vitesse.
Les vents étaient inégaux, inconstans,
Et le houlage avait tant de rudesse,
Que le canot ne put tenir long-temps.

Huit malheureux avec lui disparaisseı.
Quoique l'on ait à craindre un pareil sort .
Et que les vents et les vagues la pressent ,
Dans la chaloupe on pleure sur leur mort.

(Quel est celui dont l'ame ne soit prête
A s'attrister sur les malheurs d'autrui ?)
On pleure aussi... c'est-à-dire on regrette
Leur bœuf salé , leur rac et leur biscuit.

Pendant trois jours le vent souffla de même :
On ne se peut figurer quels dangers ,
Quel dénûment, quelle misère extrême
Assaillissaient nos pauvres passagers.

Ils étaient trente en cet étroit espace ;
Debout, pressés, recouverts de haillons ,
N'osant dormir, n'osant changer de place ,
Mouillés, glacés par les froids aquilons.

Ainsi voguait la misérable troupe,
Au gré des flots, des vents capricieux
Sans autre espoir que la frêle chaloupe,
Sans autre abri que la voûte des cieux.

Trois autres jours passent. Le quatrième
On espéra la terre, mais en vain ;
On ne fut pas plus heureux le cinquième :
On éprouvait les horreurs de la faim.

Jetant les yeux sur le chien du jeune homme,
Sans écouter les supplications
De Stéphano, sur-le-champ on l'assomme,
On le partage en trente rations.

Notre héros lui seul dans la chaloupe
Ne voulut point prendre part au régal.
Le lendemain, la famélique troupe
Fit son dîner du cuir de l'animal.

Alors, pressé par une faim extrème,
Stéphano prit les pattes de devant;
Hélas! souvent son Faro, de lui-même,
Les lui donnait lorsqu'il était vivant.

On atteignit la septième journée.
Point de zéphyr, calme plat. De ses feux,
Phébus brûlait la troupe décharnée,
Mais tous les vents étaient sourds à ses vœux.

On se regarde alors d'un œil féroce,
Que la fureur semblait seule animer;
Chacun conçoit une pensée atroce,
Mais que personne encor n'ose exprimer.

Quelqu'un d'entre eux prend enfin la parole,
A son ami dévoile son dessein;
L'ami bientôt le dit à son voisin;
Le noir projet de bouche en bouche vole.

Tout l'équipage en est instruit soudain.
Une voix sourde alors s'élève et gronde,
Comme les vents lorsqu'ils agitent l'onde,
Comme le bruit d'un tonnerre lointain.

Leur désespoir, leur rage est sans égale;
Ils parlent tous de chair, de sang humain,
Se demandant, d'un ton de cannibale,
Lequel d'entre eux apaisera leur faim.

En viendra-t-on à de telles mesures?...
On cherche bien si quelque autre moyen
N'existe pas... Le cuir de leurs chaussures
Un jour encor peut être leur soutien.

Le lendemain, voyant que pour victime
Aucun d'entre eux ne se venait offrir,
On décida d'une voix unanime
Qu'aux lois du sort il fallait recourir.

Les lots sont faits... Un sinistre silence
Règne parmi ces hommes furieux ;
Un sombre effroi se mêle à l'espérance
Qu'on voit briller dans leurs farouches yeux.

De l'action hideuse, atroce, impure
Qu'ils vont commettre, aucun d'eux n'est l'auteur
Le crime en est à l'humaine nature...
Le sort tomba sur le pauvre tuteur.

Il demanda comme faveur extrême
Qu'on le saignât à mort. Un figaro
Avait sur lui sa trousse ; à l'instant même
Il entr'ouvrit l'artère de Pédro.

Il s'en alla d'une si douce sorte,
Par ce moyen, qu'on ne s'aperçut pas
En quel moment il passa par la porte
Qui nous conduit de la vie au trépas.

On ne garda du corps qu'une partie,
Qui fut (chacun en eut un poids égal)
A l'équipage aussitôt répartie.
Quelque requin du reste fit régal.

Tous à l'instant dévorent avec rage
Le corps sanglant du malheureux Pédro ;
Un seulement n'en eut pas le courage :
Est-il besoin de nommer Stéphano ?

Non, ce serait lui faire trop d'injure,
Que d'avoir pu le penser seulement.
Il fit très-bien, au surplus, je vous jure,
Car le festin finit fort tristement.

Ceux qui s'étaient montrés le plus avides
Furent atteints d'un horrible transport ·
L'écume sort de leurs bouches livides ;
Dans leur délire ils invoquent la mort.

En cris affreux leur rage est exhalée ;
L'un en hurlant roule dans le bateau ;
L'autre à longs traits avale l'eau salée ,
Se croyant près d'un limpide ruisseau.

Ce fut sans doute un châtiment céleste.
Quoi qu'il en soit, la plus grande moitié
De l'équipage ainsi périt ; le reste
Eût pu d'un roc exciter la pitié.

Le lendemain on eut heureuse chance ;
Un esturgeon se trouva pris au croc.
Ce jour entier l'on fut dans l'abondance ,
Et l'on cessa de vivre sur Pédro.

Rappelez-vous, si ce récit vous blesse,
Cet Ugolin, qui retourne ronger,
(Après avoir avec grand' politesse
Fait son récit) le crâne de Roger.

Un naufrage est une passe terrible;
Et mon récit n'a rien de plus choquant,
De plus hideux, enfin de plus horrible
Que le tableau du poète toscan.

Pendant la nuit une légère brise
Fit avancer quelque peu le bateau.
Au point du jour, agréable surprise!
Des monts d'azur semblent flotter sur l'eau.

Bientôt on voit un baie; on avance :
On reconnaît enfin en avançant
Que la chaloupe est à cent pas d'une anse.
Chacun alors rend grace au Tout-Puissant.

Ils approchaient du désiré rivage.
Ah! que l'air pur qu'exhalent les forêts,
Que la fraîcheur d'un ondoyant feuillage
Pour eux alors devait avoir d'attraits !

De cinq vivans, maigres , pâles , livides ,
Et de deux morts , incommode fardeau ,
Qu'ils ne pouvaient livrer aux flots avides ,
Se composait la charge du bateau.

La côte était sauvage , solitaire ;
D'affreux récifs en défendaient l'accès ;
Mais ils étaient affamés de la terre
Et se flattaient d'un facile succès.

Ce cher espoir fut de courte durée ,
Et le ressac, très-fort en ce moment ,
Lorsqu'ils croyaient la descente assurée,
Fit chavirer le frêle bâtiment.

Pour mon héros j'ai moins d'inquiétude
Qu'on ne le croit; il nageait à ravir.
Il avait pris cette utile habitude
En se baignant dans le Guadalquivir.

Le jouvenceau n'eût pas craint d'entreprendre
De traverser en nageant l'Hellespont,
Comme Byron, Eckenid et Léandre,
Qui l'ont tous trois passé sans bac ni pont.

Mais il n'eut pas que les flots à combattre.
Quelques requins l'inquiétèrent fort.
Ses compagnons furent pris tous les quatre ;
Lui seul il put arriver jusqu'au bord.

Quoi qu'il pût faire, il lui fut impossible
De se tenir sur ses pieds chancelans ;
Trois fois, malgré l'effort le plus pénible,
Il retomba sur ses genoux tremblans.

Il conservait encore assez de vie
Pour n'être pas insensible à ses maux ;
Pour redouter, dans sa triste agonie,
De s'être en vain sauvé du sein des eaux.

De tous ses sens bientôt perdant l'usage,
Il vit tourner le sable autour de lui,
Et sur ses yeux s'étendit ce nuage,
Noir précurseur de l'éternelle nuit.

LA FILLE
DU PIRATE.

CHAPITRE II.

Iʟᴇs de l'antique Hellénie ,
Où naquit le dieu de Délos ,
Où s'éteignirent dans les flots
Les amours et l'ardent génie
De la prêtresse de Lesbos ;
Séjour des arts, de la victoire ,
Que reste-t-il de votre gloire ?
Hélas ! le souvenir... des débris de tombeaux !

Du sommet de cette colline
Je vois tes champs victorieux ,
Marathon. Dans l'azur des cieux ,
La triomphante Salamine
De loin apparaît à mes yeux.
Ah ! se peut-il que l'esclavage
Règne aujourd'hui sur ce rivage
Qu'ont immortalisé les faits de nos aïeux !

Là , sur ce rocher solitaire ,
Un monarque s'assit jadis.
Sous lui vingt rois assujétis ,
A leur suite traînant la guerre ,
Suivaient ses ordres absolus.
Se flattant d'enchaîner la Grèce ,
Le despote , plein d'allégresse ,
Les compta le matin... le soir ils n'étaient plus.

Mais toi, mon antique patrie,
Où maintenant toi-même es-tu ?
C'en est fait, ton nom est perdu,
Ta gloire est à jamais flétrie,
Des maîtres t'ont dicté leur loi!
Mon front de honte se colore ;
Mais cependant je t'aime encore,
Et des pleurs de mes yeux s'échappent malgré moi.

Est-ce des pleurs qu'il faut répandre ?
Nos pères répandaient du sang !
Reprenons, reprenons le rang
D'où le sort nous a fait descendre !
Sol de Sparte, entr'ouvre ton sein,
Que de tes entrailles fertiles
Un des héros des Thermopyles
S'élance, et parmi nous apparaisse soudain !

Ainsi chantait un honnête corsaire...
Honnête autant qu'on l'est en ce métier.
Il méditait une longue croisière,
Et devait être absent un an entier.

Sur les moyens de grossir sa pécune
Je ne saurais trop que dire, sinon
Qu'il arborait sans répugnance aucune
Le pavillon de toute nation.

Dans un vallon de l'une des Cyclades,
Il avait fait élever à grands frais
Un pied-à-terre orné de colonnades
En marbre blanc... C'était un vrai palais.

Tout ce que l'art, tout ce que la nature
Avaient produit et de rare et de beau,
De l'est à l'ouest et du sud à l'arcture,
S'était donné rendez-vous chez Zambo.

Il était veuf, et toute sa famille
Se composait d'Haïdée et de lui.
Or, Haïdée est le nom de sa fille,
Astre plus beau que l'astre qui nous luit.

Près du forban, cette beauté brillante,
L'espoir, l'honneur, l'appui de ses vieux ans,
Avait grandi comme une aimable plante.
Elle voyait son seizième printemps.

Sa joue avait cette teinte de rose
Qui fait l'orgueil de la reine des fleurs;
De la grenade avec l'aurore éclose
Sa bouche avait les brillantes couleurs.

Son front avait la blancheur de la neige;
Ses cheveux noirs tombaient à flots nombreux
Jusqu'à ses pieds; ses yeux... comment pourrai-je
Peindre jamais leur éclat dangereux?...

Son air, sa voix , sa taille, sa tournure
Avaient un charme , un attrait tout puissant ;
Mais cependant sa plus belle parure
Était un cœur jusqu'alors innocent.

Rien ne t'égale, ô divine innocence !
Le bonheur fuit des lieux où tu n'es pas.
Gloire, grandeur, richesse, esprit, science ,
Honneur, vertu , tout te cède le pas !

A bord ! à bord ! le vent est favorable ,
Dit le corsaire. Adieu !... pas de sanglots.
Peut-il quitter une fille adorable,
Lui , riche , vieux , pour le hasard des flots !

Mais laissons-le. Sa légère corvette
Depuis une heure avait pris son essor,
Lorsqu'Haïdée et sa chère soubrette
(Azémia) s'éloignèrent du port.

Azémia , moins jeune qu'Haïdée ,
Moins belle aussi , quoique belle pourtant ,
Par sa maîtresse en tous cas consultée ,
Prenait souvent un air fort important.

Ses cheveux bruns , noués avec adresse ,
Son teint vermeil , avaient bien quelque prix.
Ses yeux étaient moins noirs et plus petits ,
Mais aussi vifs que ceux de sa maîtresse.

Elles marchaient toutes deux à pas lents ,
Foulant aux pieds un lit de coquillage ,
Dans un sentier qui longeait le rivage.
La confidente avait pris les devans.

Le jour mourait, la plage était muette ;
Rien ne troublait le sommeil des échos ,
Hormis le cri plaintif de la mouette
Qui voltigeait en tournant sur les flots.

La côte offrait partout des précipices ,
D'affreux brisans , des écueils , des rochers ,
De loin en loin quelques anses propices
Pouvaient servir de refuge aux nochers.

La jeune Grecque admirait sur sa tête
La fantastique irrégularité
Des rocs creusés par le flot irrité ,
Et qui semblaient défier la tempête.

Elle voyait avec ravissement
Les derniers feux du grand flambeau des mondes;
Puis reportait ses regards sur les ondes ,
Où se peignait l'azur du firmament.

L'air retentit soudain d'un cri terrible ;
Un cri qu'en vain on voudrait définir,
Que les échos redisent plus horrible ;
Un de ces cris qui font trembler, frémir.

Ce cri glaça d'effroi la jouvencelle.
Elle s'avance : « Aza , qu'ai-je entendu ?
Dit Haïdée. — O Ciel ! mademoiselle ,
Voyez ce corps sur le sable étendu. »

A cet aspect la tremblante Haïdée
Recule un pas, son œil se détourna ;
Mais aussitôt il lui vint une idée ;
Assurément le Ciel la lui donna.

Elle savait le dogme évangélique
Qui ne permet de laisser un chrétien ,
Soit schismatique, ou romain catholique ,
Sans lui prêter assistance et soutien.

Le corps n'était du tout épouvantable ;
C'était celui d'un jeune et beau garçon
Ne doit-on pas se montrer charitable ?
De l'Évangile exercer la leçon ?

Leurs faibles bras portèrent le jeune homme
Dans une grotte assez proche de là.
Quelques instans interrompant son somme,
Il entr'ouvrit ses yeux noirs, s'éveilla.

Leur charité devint alors si forte,
Elles avaient tant de compassion,
Qu'elle eût suffi pour leur ouvrir la porte
Du Paradis... Douce religion !

Il fut placé sur un lit de verdure ;
Pour qu'il y fût un peu plus chaudement,
Et qu'il trouvât sa couche un peu moins dure
L'aimable fille y mit son doliman.

Azémia fit un feu de sarment,
Qu'elle entretint des débris des naufrages ;
Car, comme on sait, en ces tristes parages
De tels malheurs arrivent fréquemment.

En vérité le bois ne manquait guère,
Même il était si sec, si vermoulu,
Qu'on aurait pu, dans moins d'un instant, faire
Vingt feux pour un, si l'on avait voulu.

Don Stéphano n'avait plus nulle idée
De son naufrage et de ses maux passés,
Ni de Cadix... L'innocente Haïdée
Lui prodiguait mille soins empressés.

Elle tenait sous sa tête affaissée
Son bras flexible, arrondi, gracieux ;
Ses jolis doigts dans sa bouche glacée
Faisaient couler un nectar précieux.

Contre son front, où la faim et la veille
Avaient jeté leurs mortelles pâleurs,
Elle appuyait sa joue, aussi vermeille
Que le bouton de la reine des fleurs.

Elle épiait avec un soin extrême
Chaque soupir du cœur de Stéphano ,
Auquel le sien, sans effort , de lui-même ,
Innocemment , répondait aussitôt.

Après l'avoir couvert de la pelisse
D'Azémia , plus d'un jélick ou deux,
Après avoir essuyé ses cheveux ,
Et les avoir parfumés de mélisse,

Elle quitta notre pauvre garçon
Jusqu'au menton enveloppé d'hermine ,
De petit-gris , de martre zibeline ,
Et regagna promptement la maison.

Promptement, non ; car, s'arrêtant encore,
Elle lui dit , quoiqu'il n'entendît pas ,
Qu'elle viendrait , au lever de l'aurore ,
Lui présenter un champêtre repas.

Pendant qu'ainsi parlait sa belle amie,
Don Stéphano dormait comme un loton,
Ou comme on dort dans une académie,
Lors d'un discours... On y dort bien, dit-on.

Déjà dehors de la grotte, Haïdée,
Qu'elle feignit ou non, s'imagina
Que par son nom il l'avait demandée,
Et tout d'un coup elle se retourna.

« Il ne sait pas ce nom, dit la soubrette.
— C'est vrai, » dit-elle avec quelque rougeur.
Pauvre Haïdée, elle a perdu la tête !
Non ; mais peut-être elle a perdu son cœur.

Enfin, prenant le bras de sa suivante,
Qui connaissait ses tendres sentimens
Mieux qu'elle-même, étant la plus savante,
Sur ce point-là, de deux ou de trois ans ;

Et, comme on sait, en fait de doux penchans,
Deux ou trois ans augmentent la science ;
Deux ou trois ans forment l'expérience
D'une fillette employant bien son temps.

Prenant le bras de sa chère soubrette,
Qu'elle pria, pour plus d'une raison,
De se montrer, si possible, discrète,
Elle rentra pensive à la maison.

Le lendemain, lorsque la fraîche aurore,
Livrant les cieux aux coursiers du soleil,
Se retira dans son palais vermeil,
Notre petit luron dormait encore.

Progné, du jour saluant le réveil,
Et du matin l'haleine vive et pure,
Et du ruisseau l'agréable murmure,
Rien ne pouvait l'arracher au sommeil.

S'il dormit bien, notre tendre Haïdée
Dormit bien mal : elle gesticulait,
Se demenait, bondissait, sautillait ;
Son lit semblait une mer agitée.

Elle rêvait, puis poussait des hélas,
Croyant toujours voir quelque affreux naufrage,
Et de son pied heurter à chaque pas
De beaux garçons se mourant sur la plage.

Du blond Phébus n'attendant le retour,
Elle éveilla sa suivante fidèle,
Qui murmura ; car, malgré tout son zèle,
Pour se lever elle aimait qu'il fît jour.

D'un pied léger descendant la colline,
Vers le rivage elle porta ses pas.
Que de beauté, que de naissans appas !
Son apparence était toute divine.

L'Aurore eût pu la prendre pour sa sœur ;
Elle était bien aussi fraîche , aussi belle ;
Même elle avait l'avantage sur elle
De ne pas être une simple vapeur.

Bientôt la grotte apparaît à sa vue,
Donnant l'essor à sa vivacité,
Que tempérait quelque timidité ,
Elle s'avance. Ah ! qu'elle était émue !

Quelle rougeur charmante l'animait !
Que cette grotte à son cœur était chère !
Enfin elle entre , elle approche... il dormait
Comme l'enfant sur le sein de sa mère.

Il était calme autant qu'un clair ruisseau,
Ou , si l'on veut, que la liquide plaine ,
Lorsque Zéphyr retient sa douce haleine ;
Comme une belle rose il était beau.

Sa joue avait cette teinte incertaine
Entre le blanc et le pâle vermeil,
Qu'à son couchant le disque du soleil
Donne aux frimas d'une cime lointaine.

Prête à parler, soudain, à cet aspect,
Sa douce voix, de son ame interprète,
Sa douce voix sur ses lèvres s'arrête;
Car le sommeil inspire le respect.

Elle rajuste un peu sa couverture,
Puis elle y joint un jélik de satin,
Appréhendant que du vent du matin
Sa douce peau ne ressente l'injure.

Alors, fixant sur le jeune étranger
De grands yeux noirs pleins de sollicitude,
Où se peignait un peu d'inquiétude,
Elle semblait vouloir l'interroger.

Sur lui penchée, et respirant à peine,
Son front vermeil touchant son front glacé,
Elle épiait, attentive, l'haleine
Qui s'échappait de son sein oppressé.

Tout, dans ses traits et dans son attitude,
Lui donnait l'air de ces anges gardiens
Qui, du séjour de la béatitude,
Rendaient jadis visite aux bons chrétiens.

Azémia prit dans sa panetière
Des fruits, du rum, du vin de Malaga;
Puis du café, puis une cafetière,
Et prépara la liqueur de Moka.

Quand tout fut prêt, quand la table fut mise,
Elle voulut éveiller le dormeur;
Mais Haïdée, avec un peu d'humeur,
Ou sans humeur (la chose est indécise),

D'un geste ou deux de sa petite main ,
Main fort jolie et fort impatiente,
Interrompit sa chère confidente,
Qui ne dit mot, et s'éloigna soudain.

Au même instant, notre pauvre jeune homm
Ouvrit enfin la paupière à demi.
Bien volontiers il se fût rendormi,
Mais ce qu'il vit interrompit son somme.

Or, que vit-il ? il vit un teint vermeil ,
Des traits charmans, une mine enfantine,
Des cheveux noirs, une taille divine;
Moins eût suffi pour ôter le sommeil.

A Stéphano surtout, qui dans son ame
Sentait toujours naître une douce ardeur
Lorsqu'il voyait un visge de femme;
A moins qu'il fût d'une rare laideur.

C'était son faible ; et qui dans ce bas monde
N'a pas le sien ? Il trouvait des appas
A toute femme ou fille , brune ou blonde ;
Et, qui plus est, il ne s'en cachait pas.

Il leva donc sur notre damoizelle
Un grand œil noir stupéfait, ébloui ;
Au même instant elle fixa sur lui
Les siens, plus vifs que ceux de la gazelle.

Et, s'exprimant en bon ionien ,
Elle lui dit quelques mots , peu de chose,
Qu'il ne comprit, je pense, pas très-bien ,
Ou pas du tout, quoique ce fût en prose.

Mais qu'importait au jeune homme amoureux
Qu'il la comprît ou ne pût la comprendre ?
N'était-il pas déjà trois fois heureux,
Cent fois heureux, de la voir, de l'entendre !

Elle parlait si délicatement ;
Sa voix était si suave, si pure !
C'était des eaux l'agréable murmure,
Du rossignol le doux gazouillement ;

C'était Zéphyr traversant un bocage
Et voltigeant sur des touffes de fleurs ;
C'était des cœurs l'harmonieux langage,
Qui nous émeut, qui fait couler nos pleurs.

Telle pouvait être la douce extase
Qu'en l'écoutant éprouvait Stéphano ;
Elle n'avait cependant dit qu'un mot,
Un mot ou deux, une petite phrase.

La confidente approcha les couverts.
Ce ne fut pas sans un plaisir extrême
Que, s'éveillant après un tel carême,
Don Stéphano vit ces apprèts divers.

Rendant d'abord grâce à l'Être suprème,
Il se jeta sur les fruits, sur la crême,
Sur tout ce qui s'offrit à sa fureur,
Comme un vautour... ou comme un procureur.

Le pauvre enfant dévorait... Haïdée
A ses désirs elle-même veillait.
D'un tel spectacle elle était enchantée ;
Elle riait, elle s'émerveillait.

N'était-ce pas vraiment une merveille
De voir soudain un appétit pareil
A ce garçon qu'elle croyait, la veille,
Enseveli dans le dernier sommeil ?

Mais la soubrette avait entendu dire
(Ne sachant rien que par tradition,
Puisque jamais jusques à savoir lire
N'avait monté son érudition),

Qu'en pareil cas il faut plus de prudence,
Qu'il ne faut pas manger comme un glouton,
Si l'on ne veut aller droit chez Pluton,
Ou chez Satan, en faire pénitence.

Elle fit donc entendre à l'étranger,
En se servant d'un langage explicable
En tout pays (en enlevant la table),
Qu'il se devait un peu plus ménager.

Et cependant l'innocente Haïdée,
Comme un oiseau se mit à gazouiller,
Et, bien qu'il n'eût du grec aucune idée,
Don Stéphano la laissait babiller.

Elle fit donc briller sa rhétorique
Près d'un quart d'heure avant d'avoir songé
Que Stéphano, que son cher protégé,
N'entendait pas la langue romaïque.

Il fallut bien alors qu'elle eût recours
A l'éloquent langage des œillades,
En attendant qu'il pût, par son secours,
Parler un jour la langue des Cyclades.

Il se fit donc à l'instant même entre eux
Un petit troc de gestes et de signes,
De doux coups d'œil, de regards amoureux,
Plus éloquens que des mots ou des lignes.

Dans ses yeux noirs abattus de langueur,
Elle lisait de longues réparties
Qu'embellissait le dieu des sympathies,
Et qui toujours étaient selon son cœur.

Bientôt, poussant plus loin son tendre zèle,
Elle disait à l'aimable garçon
Des petits mots qu'il disait après elle,
Et ce fut là sa première leçon.

Il est charmant de prendre d'une femme
Telles leçons ; toutefois , je m'entends,
Il faut qu'alors l'écolier et la dame
Soient tous les deux encor dans leur printemps.

Lorsque on dit bien , elle donne un sourire ;
Lorsqu'on dit mal , elle sourit encor,
Quelquefois même elle elle rit assez fort ,
Et quelquefois elle éclate de rire.

Alors survient un serrement de main ,
Puis un regard où brille la tendresse,
Puis l'écolier embrasse la maîtresse ,
Et va bien loin... s'il ne reste en chemin.

J'appris ainsi le turc , le malabare,
Le siriaque, et le peu que je sais
De japonais et de nogais-tartare.
Je connais moins l'anglais et le français ,

Ayant appris (ah ! quelle maladresse !)
Ces langues-là de toute autre façon,
Dans les traités de Restaut, de Johnson,
Avec un maître, au lieu d'une maîtresse !

Mais retournons à l'aimable garçon.
Le voilà donc qui commence à comprendre
Quelques mots grecs. Mais pendant la leçon,
Hélas ! son cœur s'était laissé surprendre.

Cet amour-là peut-il vous étonner,
Mon cher lecteur, ou ma chère lectrice ?
Oh ! non, sans doute, il faut lui pardonner ;
La jeune Grecque était sa bienfaitrice ;

Elle l'avait délivré du trépas,
Qui le tenait presque sous sa puissance ;
Pouvait-il bien, dans sa reconnaissance,
En la voyant surtout, ne l'aimer pas ?

Chaque matin , aussitôt que l'aurore
De pourpre et d'or peignait le firmament ,
Elle rendait visite à son amant ,
Qui bien souvent alors dormait encore.

En lui rendant visite si matin ,
Son but était , du moins je le suppose ,
De contempler les couleurs de la rose
Qui commençaient à ranimer son teint.

Elle voyait en lui cet aimable être
Que demandait depuis deux ans son cœur,
Celui qu'en songe elle voyait paraître ,
Qui lui devait apporter le bonheur ;

Qu'elle devait rendre heureux elle-même ;
Car le bonheur n'est bonheur ici-bas
Qu'autant qu'on peut (et qui ne le sait pas ?)
Le partager avec celui qu'on aime.

De cet ami contempler le sommeil ;
A ses côtés, ne respirant qu'à peine,
Guetter l'instant heureux de son réveil ;
Sentir sa main palpiter sous la sienne ;

Toujours le voir, l'entendre à tous momens ;
Être avec lui, même dans son absence,
Lui paraissaient des plaisirs si charmans,
Qu'ils lui semblaient doubler son existence.

Un tel bonheur, pour ne jamais cesser,
Était trop grand ; et pourtant Haïdée
N'eût, sans mourir, pu concevoir l'idée
Qu'il y fallût quelque jour renoncer.

Or donc, sitôt qu'il sortait de son somme,
Près de sa couche il trouvait chaque jour
Un déjeuner, et des yeux d'où l'amour
Lançait sur lui ses traits... Pauvre jeune homme !

Six mois ainsi s'enfuirent comme un jour ;
Car si le temps fait fuir le dieu de Gnide,
Ce petit dieu, d'un vol non moins rapide,
Fait quelquefois fuir le temps à son tour.

Don Stéphano de sa petite amie
Pouvait goûter le charmant entretien ;
Car il parla bientôt l'ionien
Comme s'il l'eût parlé toute sa vie.

De sa retraite il ne s'écartait pas.
Un soir pourtant, après un court orage,
Vers le rivage ils portèrent leurs pas.
Déjà le ciel n'avait plus de nuage.

Les flots avaient oublié leur courroux ;
Rien ne troublait le calme de la plage
Que les accens de quelque oiseau sauvage,
Ou les soupirs d'un zéphyr pur et doux.

C'était du jour l'heure tant désirée,
Où du soleil le disque radieux,
Disparaissant dans la cime azurée,
Au crépuscule abandonne les cieux.

Se reposant sur un banc de verdure
Que le hasard offrit en ce moment,
Elle voulut savoir de son amant
Tout le détail de sa triste aventure.

Il l'abrégea beaucoup, et fit fort bien.
N'avaient-ils rien alors de mieux à faire
Que de jaser en ce lieu solitaire ?
Leurs jeunes cœurs ne leur disaient-ils rien ?

Oh ! si vraiment ! Leurs prunelles humides
Se rencontraient quelquefois, par hasard ;
Bientôt leurs yeux devenant moins timides,
Ils échangeaient un amoureux regard.

Au même instant, leurs lèvres purpurines,
(Ce traître dieu d'amour fait tout oser)
Qu'embellissaient les grâces enfantines,
Se confondaient par un charmant baiser ;

Un long baiser, tel que ceux qu'on se donne
Lorsque l'on est au printemps de ses jours,
Lorsque le sang dans les veines bouillonne
Et vers le cœur précipite son cours.

La rive était sauvage, inaccessible ;
Pas d'indiscrets témoins en ces déserts ;
La nuit pour eux n'avait rien de terrible,
Et l'un pour l'autre était tout l'univers.

Loin d'Haïdée un frivole scrupule :
Elle n'avait nul soupçon du danger
Auquel s'expose une amante crédule ;
A des sermens pouvait-elle songer ?

Dans sa belle ame habitait l'innocence,
Elle ignorait (rare simplicité !)
Que sur la terre existât l'inconstance,
Et ne dit mot sur la fidélité.

C'en était fait ; sur le bord solitaire
Leurs cœurs s'étaient l'un à l'autre donnés.
Leurs seuls témoins furent le ciel, la terre,
les flots dont ils étaient environnés.

Ils sont époux, puisque la solitude
A consacré les nœuds de leur hymen ;
Ils sont heureux, puisque leur seule étude
Est de se plaire en ce nouvel éden.

LA FILLE

DU PIRATE.

CHAPITRE III.

Bion a dit, n'importe en quelle stance,
Que le mystère et la discrétion
Entretenaient l'amour et la constance.
Mais Stéphano n'avait pas lu Bion.

Il eût voulu toujours être avec celle
Qu'il adorait, la voir à tout moment,
Toujours ouïr sa voix de jouvencelle
Et lui conter toujours son doux tourment.

Il habitait la grotte solitaire
Depuis six mois ; mais enfin, un beau jour,
Las de contrainte, ennuyé de mystère,
Près d'Haïdée il fixa son séjour.

Quant à Zambo, content de sa tournée,
Il revenait avec un lourd butin.
Il avait pris en Méditerranée
Deux ou trois bricks, un sloup, un brigantin.

Il fit charger ses captifs de menottes,
Et la plupart furent expédiés
Soit à Modon, soit chez les Maïnotes,
A ses amis ou ses associés.

Il se défit aussi de marchandises,
L'or à ses yeux ayant un plus grand prix ;
Il ne garda que quelques friandises,
Un sapajou, deux ou trois colibris,

Un écureuil ; plus quelques bagatelles
Qui pour le sexe ont de puissans attraits :
Des éventails, des rubans, des dentelles,
Des marabouts, des turbans, des bérets,

Des nouveautés de France et d'Angleterre
Gaze, velours, tulle, moire, satin...
Mais je n'aurais fini demain matin,
Si je voulais achever l'inventaire.

Il mit à part tous ces objets volés
Par le meilleur, par le plus tendre père,
Pour une fille à ses vieux jours bien chère.
Avec grand soin ils furent emballés.

Ayant ainsi mis ordre à cette affaire,
Il se jeta sur un brick de transport ;
Et, n'ayant pas de quarantaine à faire,
En toute hâte il entra dans le port.

Laissant ses gens occupés sur la grève
A décharger sa riche cargaison,
Il prit tout seul la route la plus brève,
Et dirigea ses pas vers sa maison.

Lorsqu'il la vit au loin dans la prairie,
Son cœur battit et lui fit présager
Quelque malheur pour sa fille chérie.
Ce sentiment fut vif, mais passager.

Il pénétra dans le bois solitaire
Qui faisait suite à son vaste jardin ;
De son terrible et fidèle Cerbère
Il entendit le hurlement lointain.

Il aperçut à travers le feuillage
Nombre de gens prenant joyeux ébats.
« Est-ce aujourd'hui la fête du village ?
S'écria-t-il en allongeant le pas.

Je trouverai peut-être un interprète
Qui voudra bien m'expliquer ces galas,
Cette gaîté, ces jeux...» Mais il s'arrête,
Car il entend... Qu'entend-il donc?... Hélas!

Il n'entend pas la harpe de Cécile;
Il n'entend pas la lyre d'Apollon;
Mais les écarts d'un archet indocile,
Les grincemens d'un mauvais violon.

Ces sons le font douter de son oreille;
Il fait un pas, il en recule deux;
Il ne sait trop ou s'il dort ou s'il veille;
De sa surprise il est presque honteux.

Bientôt il voit une troupe lyrique,
Dont quelques-uns, au milieu des bravos,
Exécutaient une danse pyrrhique,
En tournoyant comme sur des pivots.

Peut-être on croit qu'en cette conjoncture
Zambo se mit dans un affreux courroux ;
Peut-être on craint le cachot, la torture,
Ou tout au moins une grêle de coups.

Non ; il avait de plus douces manières.
Jamais, je crois, flibustier plus humain
N'avait aux vents confié ses bannières,
Et dans le sang n'avait plongé sa main.

S'approchant donc de la joyeuse bande,
Il frappe un coup sur l'épaule d'un Grec,
Et, souriant forcément, lui demande
A demi-voix, et d'un ton gai, mais sec :

« En quel honneur se donne cette fête ? »
L'Hellène prend un flacon de Lesbo,
Remplit un verre, et, sans tourner la tête,
D'un air badin le présente à Zambo,

En lui disant : « Va chercher qui t'écoute ;
Je n'aime pas à parler quand je bois,
C'est temps perdu. » Son camarade ajoute :
« C'est aujourd'hui la fête du bourgeois.

—Qui? Zambo !—Non! le gendre du bonhomme.
Zambo voyage encor pendant deux ans.
Jamais, depuis Eve et le premier homme,
On n'a pu voir deux époux si charmans. »

Tous ces marauds étaient de fraîche date
Dans la contrée, et ne pouvaient penser
Qu'en ce moment ils parlaient au pirate.
Zambo sentit son sourcil se froncer.

Mais renfermant son courroux dans son ame,
Et souriant, quoique bien malgré lui,
Il demanda le titre de celui
Qui de sa fille avait fait une femme.

« Nous ignorons s'il est prince ou préfet,
Dit l'un d'entre eux , ce n'est pas notre affaire ;
Mais un fait sûr (puis il vida son verre),
C'est que ce vin de Lesbos est parfait.

Et si tu veux en savoir davantage,
A Démétri tu n'as qu'à t'adresser ;
C'est un héros en fait de bavardage ;
Il aime fort à s'écouter jaser. »

Zambo bouillait ; pourtant il sut se taire ;
Puissant effort d'une éducation
Comme en voit peu même cette Angleterre,
Le paragon de toute nation.

Il écouta quelque temps en silence
Le sot babil des ivrognes valets,
Qui lui parlaient avec tant d'insolence,
Buvaient son vin et mangeaient ses poulets.

Puis, laissant là les danses, le tapage,
Les jeux, les chants, les bachiques repas,
Il rejoignit, pensif, son équipage,
Formant ving plans vengeurs à chaque pas.

Et cependant la brillante Haïdée
Était auprès de son heureux amant.
La fête était par elle présidée.
Ses pieds foulaient un tapis du Kerman.

Elle avait mis un jélick d'un bleu pâle
Tissus léger à reflets chatoyans;
Il se fermait par des boutons d'opale
Enjolivés d'un cercle de brillans.

Ses cheveux noirs, sous un voile de blonde
Où folatraient les amoureux zéphyrs,
Étaient ornés de perles de Golconde,
De diamans, de rubis, de saphirs.

Qui la voyait avait l'ame ravie.
Ah! que ses yeux avaient d'aménité !
Ils répandaient autour d'elle la vie,
Donnaient à l'air plus de suavité.

Dans un salon que les vierges du Pinde
Avaient pris soin elles-mêmes d'orner,
Et qu'embaumaient tous les parfums de l'Inde,
Se consommait un splendide dîner.

Plusieurs Hébés, troupe aimable et choisie,
Au sein de neige, à l'œil oriental,
Faisaient couler des flots de malvoisie
Et de xérès dans l'or et le cristal.

On enlevait le troisième service;
Vint le dessert; il fut, tranchons le mot,
Pyramidal et digne de l'office
Ou de Marquis ou de Berthellemot.

Ensuite vint la liqueur de Mascate,
Ce poison lent, ennemi du sommeil ;
On le servit dans des tasses d'agate
Que supportaient des plateaux de vermeil.

Orphi-Linos, dilettante et poète,
Mit les plaisirs du jour au grand complet ;
Il prit son luth, et termina la fête
En soupirant l'érotique couplet.

Linos était le poète à la mode.
Dans ses écrits il blâmait le passé,
Il approuvait toute fraîche méthode,
Et le pouvoir s'y trouvait encensé.

Il n'avait pu gravir la double cime
Lorsque son vers était indépendant ;
Mais son essor devint vraiment sublime
Dès qu'il flatta le pacha d'Occident.

De deux ou trois viremens politiques,
Orphi-Linos avait été témoin ;
Et chaque fois ses loisirs poétiques
Avaient été retouchés avec soin.

Que voulez-vous ?... son étoile polaire
N'étant pas fixe, il fallait qu'il changeât ;
Il changea donc, et reçut pour salaire
La pension de rimeur lauréat.

Nous disions donc... La fête était finie ;
Le crépuscule avait chassé le jour ;
Notre héros et sa charmante amie
Etaient restés en tiers avec l'amour.

Le soir régnait... Divinité paisible,
Nous te devons nos plus tendres plaisirs :
C'est ton retour qui rend le cœur sensible,
Et des amans éveille les désirs.

C'était le soir d'une belle journée;
Cette heure était la plus chère à leurs yeux;
Ils lui devaient leur secret hyménée,
Sur le rivage, à la face des cieux.

Ces cieux semblaient planer sur leur empire;
Le monde entier paraissait fait pour eux ;
Ils ne savaient que s'aimer, se le dire,
En se mirant dans leurs yeux amoureux.

Sans que je puisse en définir la cause,
Dans le plus fort de leur ravissement,
La belle Grecque éprouva quelque chose,
Comme un frisson, comme un frémissement.

Don Stéphano prit son Ionienne
Entre ses bras, la pressa sur son cœur,
Et puis collant sa bouche sur la sienne,
De cet effroi bientôt il fut vainqueur.

L'expédient dont il faisait usage
N'était-il pas en effet le meilleur
Pour écarter un sinistre présage
Et dissiper une vague frayeur ?

Quoi qu'il en soit, dans les bras de sa mie
Don Stéphano bientôt dormit d'amour ;
La Grecque aussi fut bientôt endormie ;
Mais son sommeil sera pénible et court.

Un songe affreux l'agite, la tourmente ;
Elle se voit sur le bord de la mer ;
La foudre gronde ; une horrible tourmente
jusqu'à ses pieds pousse le flot amer.

De plus en plus les autans se déchaînent,
Et cependant elle ne peut bouger,
De forts liens au rivage l'enchaînent ;
L'onde s'avance et va la submerger.

La scène change : elle erre, elle se traîne
Avec effort sur des rochers chenus ;
Une puissance invincible l'entraîne ;
L'âpre silex déchire ses pieds nus.

Elle poursuit avec persévérance
Un spectre affreux, c'est un fantôme humain ;
Il fuit léger, trompant son espérance,
Lorsqu'elle croit le toucher de la main.

Enfin il tombe, il roule sur la pierre ;
Elle veut voir ses traits… C'est son amant !
La froide mort a fermé sa paupière…
O désespoir ! indicible tourment !

Elle chancelle, à peine elle respire,
De ses beaux yeux coule un torrent de pleurs ;
Elle gémit, se lamente, soupire ;
L'écho des rocs répète ses douleurs.

Mais cependant qu'elle se désespère
Les traits du spectre ont changé tout-à-fait :
Ce sont les traits soucieux de son père
Qu'il offre alors à son œil stupéfait.

Elle s'éveille... O puissance éternelle !
Qu'aperçoit-elle en s'éveillant?... Zambo!
Sombre, pensif, sa sévère prunelle
Dardait ses feux sur elle et Stéphano.

Elle se lève effrayée et tremblante ;
Son amant sort de son somme léger ;
Il a saisi sa lame étincelante ;
Déjà son bras est prêt à la venger.

Zambo sourit de cette pétulance
D'un jeune cœur par l'amour enhardi ;
Il rompt enfin un austère silence,
Et d'une voix ferme et calme il lui dit :

« Jeune imprudent, sur toi vingt cimeterres
Vont se lever à mon premier signal ;
Contre eux le tien ne te servirait guères ;
Rends-le-moi donc, tu ne feras pas mal. »

Au même instant, Haïdée éperdue
Jette ses bras autour de Stéphano,
En s'écriant d'une voix abattue :
« Arrête ! c'est mon père… c'est Zambo ! »

Le flibustier promenait sur sa fille
Et l'étranger son regard de vautour ;
De Stéphano le jeune sang pétille ;
Son front rougit et pâlit tour à tour.

Il semble prêt à vendre cher sa vie,
Et se dispose à fondre avec fureur
Sur le premier de la troupe ennemie
Qu'appellera le farouche écumeur.

« Encore un coup , tu n'es pas de calibre !
Allons ! rends-moi ton arme , dit Zambo.
— Non , jamais ! tant que mon bras sera libre
Et que mon cœur battra ! » dit Stéphano.

Le vieux forban fit deux pas en arrière ;
A sa ceinture il prit un pistolet :
« J'aime beaucoup ta réponse guerrière ,
Dit-il , ton air de Ferragus me plaît.

A toi la balle, indomptable jeune homme ! »
Un seul instant de plus , le coup fatal
Partait, l'amant s'endormait du grand somme,
Et le roman finissait assez mal.

Mais Haïdée entre eux s'est élancée ,
En s'écriant : « J'embrasse tes genoux ,
Mon père... Hélas !... Je suis sa fiancée !...
S'il meurt je meurs...Grâce ! grâce pour nous ! »

Peu de momens auparavant, peut-être
N'eût-elle su que répandre des pleurs ;
Mais tout à coup en elle vient de naître
Le fier mépris de toutes les terreurs.

La passion l'égare, l'exaspère ;
Au coup mortel elle oppose son sein ;
Son regard suit le regard de son père,
Sans que son bras s'oppose à son dessein.

Il la contemple un moment en silence ;
Leurs grands yeux noirs lançaient les mêmes feux.
L'âge et le sexe à part, la ressemblance
Etait frappante en ce moment entre eux.

Il baisse l'arme ; il hésite, il balance,
Et, conservant son calme, son sang-froid :
« Bientôt, dit-il, la fière turbulance
Du séducteur fera place à l'effroi. »

Il approcha son sifflet de sa bouche
en achevant ces mots. On répondit
A son signal. Une troupe farouche
Dans le salon soudain se répandit.

C'était la fleur de la piraterie.
L'un d'eux, ayant à bord le second rang,
Prend de Zambo le mot d'ordre, et s'écrie :
« Que mort ou vif on saisisse ce Franc ! »

Tous aussitôt tombent avec furie
Sur le jeune homme ; excepté le premier,
Qu'il délivra des peines de la vie,
En lui portant estocade au gosier.

Le second eut la tête net coupée ;
Mais le troisième était un Romagnol
Qui maniait fort dextrement l'épée ;
Il désarma notre jeune Espagnol.

Il fut chargé d'une pesante chaîne,
Et, nonobstant ses protestations,
On l'entraîna vers la rade prochaine,
Où le corsaire avait ses stations.

Bientôt on fut auprès de la flotille;
Vers la frégate on pousse le canot;
On monte à bord, puis, ouvrant l'écoutille,
A fond de cale on jette Stéphano.

Pauvre garçon!... Mais sa peine cruelle,
Quelle que fût de son sort la rigueur,
N'égalait pas... ne surpassait pas celle
Qui d'Haïdée assaillissait le cœur.

Elle n'était de ces femmes frivoles
Qu'en telle passe on voit se désoler,
Gémir, pleurer, crier comme des folles,
Et le moment d'après se consoler.

La scène horrible, effroyable, inouïe,
De sa jeune ame a brisé le ressort ;
Elle chancelle et tombe évanouïe,
Le front couvert des ombres de la mort.

Le flibustier appelle ses esclaves.
Azémia la porte sur son lit ;
De son jélick elle rompt les entraves,
De cris, de pleurs la maison se remplit.

Les élixirs, les sels et les essences
Sont prodigués ; mais l'avide trépas
Brava long-temps leurs trop faibles puissances ;
De sa victime il ne s'éloignait pas.

Deux jours entiers il le fallut combattre ;
Enfin il fuit. Le Ciel vint au secours
De notre Grecque : on sentit son cœur battre ;
Son œil s'ouvrit, son sang reprit son cours.

Mais à ses yeux se r'ouvrant à la vie
Tout apparut sous un aspect nouveau ;
L'impression qu'elle avait ressentie
Avait jeté le trouble en son cerveau.

Son souvenir fut long-temps infidèle :
Doux entretiens, sourires gracieux,
Rien ne l'émut. Zambo s'approcha d'elle ;
Elle le vit sans détourner les yeux.

On eut recours aux accords de la lyre.
Morfi-Linos, virtuose famé,
Chanta la guerre, héroïque délire,
Et le bonheur d'aimer et d'être aimé.

Les chants guerriers ébranlèrent son être ;
Les chants d'amour firent couler ses pleurs,
Et dans son cœur elle sentit renaître
Ses souvenirs, ses craintes, ses douleurs.

LA FILLE
DU PIRATE.

CHAPITRE IV.

« Voile nord-ouest ! cria de la dunette
Un matelot. — Zanno, quel pavillon ?
Dit le pirate, en braquant sa lunette.
— Français ! — Salut, aimable nation !

Athéniens de l'Europe moderne !
La Grèce en vous trouvera ses sauveurs.
Que ce vaisseau noblement se gouverne !...
Brise du soir porte lui tes faveurs !

Qu'avec fierté sa voile se déploie!...
Ses ennemis ne l'ont jamais vu fuir...
A son aspect mon cœur s'ouvre à la joie!...
Antiques jours, puissiez-vous revenir !

Déferlez tout, matelots ! que la brise
Pendant la nuit nous conduise en pleine eau.
Demain, Zanno, peut-être quelque prise...
Dans ma cabine amène Stéphano. »

Le flibustier fit sa ronde marine,
Donna le mot au maître, au timonnier,
Et descendit ensuite à sa cabine,
Où l'attendait son jeune prisonnier.

Là Stéphano contemplait en silence
L'ameublement bizarre, singulier
Du vieux Zambo : le luxe, l'opulence,
S'y mariaient à l'appareil guerrier.

La lampe d'or suspendue à la voûte,
Par sa structure accusait un larcin ;
Elle avait dû briller jadis, sans doute,
En quelque lieu plus auguste et plus saint.

Deux chandeliers d'une stature énorme
Etaient placés sur un riche bureau ;
Ils n'avaient pas à beaucoup près la forme
De ceux qu'on peut trouver dans un vaisseau.

Un divan turc se déployait en face ;
Un crucifix enrichi de brillans
Étincelait à la barre d'arcasse ;
C'était un vol fait aux fiers Castillans.

Mille objets d'art surchargeaient les tentures :
Colifichets d'un précieux travail,
Médailles d'or, tableaux, miniatures,
Armes de prix, pipes d'ambre et d'émail.

Autour du mât était un assemblage
D'estramaçons, d'estocs, de pistolets,
De mousquetons , de piques d'abordage ,
De biscayens , d'obus et de boulets.

L'appartement, fait avec industrie,
Pouvait soudain , en cas d'événement,
Se transformer en une batterie ,
Ou devenir un fort retranchement.

Zambo parut ; de quelque sombre idée
Ses souvenirs semblaient être agités ;
« Ah ! parlez-moi, parlez-moi d'Haïdée !
Dit Stéphano. — Calmez-vous... écoutez.

— En me voyant captif, chargé de chaînes ,
Hélas ! quel fut son trouble, son effroi !...
Ne cherchez point par des paroles vaines
A m'abuser. — Jeune homme, écoutez-moi.

Ne parlez plus d'une fille rebelle ;
Elle a détruit l'espoir de mes vieux jours ;
Son pauvre père !... il n'est plus rien pour elle ;
Elle l'immole à ses folles amours.

— Que dites-vous !... Non, son ame est aimante ;
Elle vous aime... elle m'aime..., Ah! Zambo,
Vous le savez, c'est sa main bienfaisante
Qui m'a sauvé de la nuit du tombeau !

C'est Dieu, Zambo, c'est Dieu qui l'a conduite
Sur le vivage où j'étais expirant.
Ses tendres soins... — Et vous l'avez séduite,
Pour lui montrer un cœur reconnaissant.

— Je l'ai séduite ! Ah! de quelle infamie
M'accusez-vous ! Je n'aurai de bonheur
Que du moment où cette tendre amie
aura mon nom ainsi qu'elle a mon cœur.

— Don Stéphano, cet entretien m'afflige.
Près de Cadix j'ai dessein d'aborder...
—Sans Haïdée? — Oh! c'est assez, vous dis-je.
Prenez-ce siége, et veuillez m'écouter.

Lorsque j'ai vu le Français sur nos plages,
Quelques instans mon espoir s'est flatté
Que la patrie antique des Pélages
Allait renaître avec la liberté.

Mais je conçus trop tôt cette espérance ;
Le Ciel n'est pas lassé de nos revers.
Malheureux Grecs!.... tant de persévérance,
Tant de courage, et toujours dans les fers!

Riga n'est plus ; les maux de sa patrie
Ont abrégé les jours de Canzani,
Quels nobles cœurs!... Ils ont perdu la vie,
Les Botzaris et les Fabiani!

Mais quelques Grecs leur survivent encore !...
Plusieurs sous moi sont venus se ranger ;
Et, loin du joug que notre cœur abhorre ,
De l'océan nous bravon le danger.

Tout en parlant ainsi, le vieux corsaire
Dans le salon marchait avec lenteur ;
De temps en temps sa prunelle sévère
Se dirigeait sur son jeune auditeur.

Don Stéphano prenait une attitude
Et la quittait vingt fois en un moment ;
Dans son regard un peu d'inquiétude
S'associait à quelque étonnement.

Il s'était fait une assez fausse idée,
Jusqu'à ce jour, de son persécuteur ;
Il avait pris le père d'Haïdée
Pour un marchand, ou pour un armateur.

Il pensait bien qu'un peu de contrebande
De temps en temps s'allie à ce métier ;
Mais, selon lui, la distance était grande
Entre armateur, marchand, et flibustier.

Il ne savait quelle figure faire,
Et se perdait dans ses réflexions ;
Enfin il dit tout à coup au corsaire :
« Vous avez là de fort beaux pavillons.

Arborez-vous, au gré de votre envie,
Ceux qu'il vous plaît ? » D'un regard expressif
Du vieux Zambo la question fut suivie,
Puis aussitôt, et d'un ton expansif :

« Voilà, dit-il, les trois couleurs de France.
Que de grandeur, quelle noble fierté
Dans ces trois mots, de bonheur assurance,
Ordre public, Union, Liberté !

Voici l'aiglon du Russe encor barbare,
Qu'ont défendu ses horribles hivers ;
Là vous voyez le Hollandais avare ;
Ici le Turc soumis dans les revers.

Tenez, voilà l'homme qui sait me plaire
Pardessus tout : c'est cet Américain,
Qui renia son monarque insulaire.
Que pensez-vous de ce républicain ?

Voici la tour d'Espagne... la rapière
Des Tunisiens... l'ix en champ vermillon
Du peuple anglais...Ah ! les clés de saint Pierre !
Heureux qui meurt sous un tel pavillon !

Il me souvient que, sous cette bannière,
Je me trouvai vergue à vergue, un beau jour,
En pleine mer, avec *la Bonbonnière*,
Corsaire turc, revenant de Tanjour.

Figurez-vous son extrême surprise ,
Lorsqu'il croyait mettre la main sur nous
Et qu'il comptait sur cette riche prise ,
De ne nous pas trouver tous à genoux.

Je le cinglai d'une double bordée...
Alors , cédant à la fatalité ,
Il se rendit, avec la ferme idée
Que son prophète ainsi l'avait dicté.

— Et vous l'avez laissé suivre sa route ,
Quand il eut fait cette soumission ?
Dit Stéphano. — Oui, jeune homme, oui , sans doute ,
En lui donnant ma bénédiction.

Je le laissai parfaitement tranquille ,
Lui souhaitant bonne chance et bon vent ,
Avec trois trous ou quatre dans sa quille ,
Et faisant eau par l'arrière et l'avant.

— Vous avez là d'autres drapeaux encore ?
— Oui ; celui-ci c'est le napolitain ;
Du nord au sud, du couchant à l'aurore,
Quel homme goûte un plus heureux destin !

Ces deux-ci sont des barbares d'Afrique,
Fez et Maroc. Ils n'osent plus bouger
Du port, depuis l'aventure tragique
De Mohammed, ci-devant dey d'Alger.

— Oui, des Français c'est un fait méritoire...
Ils ont purgé les mers... Mais, entre nous,
Ce mécréant, dont vous contez l'histoire
En plaisantant, me fait trembler pour vous.

Zambo parut se faire violence
Pour écouter avec tranquillité
Ces mots ; Après un instant de silence,
Il répondit avec vivacité.

« Don Stéphano, vous avec du courage ;
J'en fus témoin... Combattez près de moi
Sur l'océan... Au plus fort de l'orage
Ou des hasards, montrons-nous sans émoi.

— Je suis porté de cœur à vous défendre,
A vous aimer... vous n'en pouvez douter,
Zambo, je n'ai nulle peine à me rendre
A vos désirs... mais je dois redouter...

— Quoi redouter ? Parlez-moi sans contrainte ;
Redoutez-vous les hasards des combats ?
— Non, Zambo, j'ai d'autres sujets de crainte ;
Quant à la mort, oh ! je ne la crains pas !

Mais il me semble... ainsi faire la guerre...
Il vous faut donc, en toute occasion,
Être vainqueur ? car vous ne pouvez guère
Parlementer, ni baisser pavillon.

—Et sous nos pieds n'avons-nous pas les vagues,
Comme disaient les Suffren, les Jambarts ;
Mais ces grands mots me semblent un peu vagues,
Et j'aime mieux recourir aux espars.

De bons espars sont de grande ressource
Dans le danger ; aussi des miens j'ai pris
Autant de soin que d'un cheval de course
Que l'on destine à disputer le prix.

Il faut toujours donner la préférence,
Dans notre état, au voilier le meilleur ;
Car vous savez que souvent la prudence
Doit tempérer quelque peu la valeur.

Vous n'êtes pas tout-à-fait un novice
Sur l'eau salée. — Oh ! non, assurément ;
Quoique assez jeune encor, j'ai du service,
Et je connais le perfide élément.

Maître Zambo , vous n'avez pas d'idée
Des maux affreux, des désastres divers
Qui m'ont frappé. — Si, je sais ; Haïdée
M'a raconté fort au long vos revers.

Mais vous n'aviez que des marins d'eau douce
Sur votre brick, à ce qu'il me paraît.
Dans mon vaisseau, cette fière secousse
N'eût pas rompu même un fil de caret.

A quelle époque avez-vous fait naufrage?
—L'été dernier, à la fin du mois d'août.
— A la fin d'août? Voyons, dans quel parage
Étais-je alors?... Ma foi! je ne sais où.

— Moi je le sais. — Oui? — Vous étiez à terre.
—Attendez donc... Oui, vous avez raison ;
Il m'en souvient; contre mon ordinaire,
Pendant un mois j'ai gardé la maison.

A cette époque une trombe violente
Mit un instant l'Archipel en émoi :
C'est vrai, c'est vrai ; oui, mais mon *Atalante*
En a bravé bien d'autres, croyez-moi !

— Votre *Atalante* est un rare navire,
S'il brave ainsi le fougueux élément ;
Vous l'avez donc vous-même fait construire ?
— Non, Stéphano ; non, pas précisément.

Cette frégate avait été construite
Par les Anglais, pour le pacha de Fez
Ou de Tunis ; mais elle a, par la suite,
Changé de maître, ainsi que vous voyez.

Notre frégate est maintenant corsaire,
Voilà le fait : le pourquoi, le comment ;
Voilà ce dont il n'est pas nécessaire
De vous troubler l'esprit en ce moment.

Elle a pris port, et, grâce à la manière
Dont je l'ai fait mâter, gréer, armer,
La faux du temps n'est pas plus meurtrière,
Ni le dauphin plus vif en pleine mer.

—Elle a pris port, dites-vous?—Oui, j'avoue
Que j'aime mieux le large; mais souvent,
Dans l'avant-port, sur mon ancre de toue,
Je me repose en attendant le vent.

Quand je serai devant Cadix... Je pense
Que dans huit jours environ j'y serai.
Je trouverai quelque hâvre ou quelque anse?
Eh bien! c'est là, mon cher, que j'ancrerai.

— Nous sommes donc déjà loin des Cyclades?
— On les peut voir encor par ce sabord,
Là, tout au plus à deux ou trois cents stades.
— Je les vois!... Ah! Zambo, virons de bord !

— Que dites-vous, Stéphano ! votre père
Depuis un mois n'a rien appris de vous !
En ce moment peut-être il désespère
De vous revoir, vous, son bien le plus doux.

Vous avez donc oublié votre mère ?...
Elle vous croit sans doute au fond des flots.
Réfléchissez à sa douleur amère ;
Venez tarir ses larmes, ses sanglots.

— Assurément je verrai ma famille
Avec plaisir, avec ravissement ;
Mais quel bonheur de plus si votre fille
Se venait joindre à ce rapprochement !

— Non, Stéphano, non, il m'est impossible
De contenter cet imprudent désir ;
Sur ce point-là je suis inaccessible...
N'insistez pas... craignez mon déplaisir ! »

Le vieux Zambo dit avec véhémence
Ces derniers mots, et sortit vivement,
Laissant en proie au trouble, à la démence,
Au désespoir, le malheureux amant.

Quel parti prendre en cette conjoncture?
Tentera-t-il d'échapper au forban?
Impraticable... errer à l'aventure,
Sur un canot, jouet de l'océan !

Quant au projet d'amener le corsaire
A consentir à quelque hymen secret,
Avant d'avoir l'agrément de son père,
Il l'avait vu, c'était un vain projet.

Zambo voyait avec indifférence
Les passe-droits les plus exorbitans,
Mais il tenait à cette déférence
Des descendans envers leurs ascendans.

Sur ce devoir il était inflexible ;
Et lorsqu'il fut par Haïdée enfreint,
Son cœur saigna du coup le plus sensible,
Le plus cruel dont il pût être atteint.

« Lorsqu'une fois (se disait en lui-même
Don Stéphano) je serai de retour
Dans ma famille, objet charmant que j'aime,
Plus d'espérance, hélas ! pour notre amour !

Mon père, riche et fier de sa naissance,
A notre hymen ne consentira pas;
Il parlera d'une noble alliance...
Non, non !... plutôt mille fois le trépas !

Pauvre Haïdée ! elle se croit peut-être
Liée à moi par des nœuds éternels.
Quel désespoir quand elle va connaître
Qu'on a rompu nos sermens solennels !

Donnant carrière à son humeur chagrine,
Don Stéphano resta jusqu'à la nuit
Languissamment assis dans la cabine.
Il entendit alors un léger bruit.

Il se leva soudain, et vit paraître,
Sur les degrés d'un escalier tournant
Qui conduisait à des chambres de maître,
Un petit Turc tout-à-fait étonnant.

Il lui sembla dans l'âge de l'enfance,
Douze ou treize ans au plus. Dans le maintien
Et la démarche il avait de l'aisance ;
Son teint était celui d'un Tunisien.

Dans son œil noir brillait la pétulance
De la jeunesse. Il tenait un flambeau
De la main gauche, et de l'autre une lance.
Ce Turc était le suisse de Zambo.

Ali posa son flambeau sur la table,
Fit un salut mauresque au prisonnier,
Se redressa, prit un air redoutable,
Et lui montra le petit escalier.

Don Stéphano comprit sa pantomime.
« Je n'ai pas droit aux honneurs du tillac,
Dit-il, Zambo me montre trop d'estime...
Je ne saurais accepter ce hamac. »

Le petit Turc eut bientôt fait comprendre
A Stéphano, par un geste expressif,
Qu'il ne pouvait lui parler ni l'entendre;
Ensuite il prit un air triste et pensif.

« Sourd et muet, dit notre gentilhomme,
Qui se laissait facilement toucher
Par le malheur, ce pauvre petit homme !
Puis il monta dans sa chambre à coucher.

Par une lampe elle était éclairée ;
L'ameublement en était élégant
Plutôt que riche ; elle était décorée
Avec le goût le plus intelligent.

Don Stéphano se mit à la fenêtre,
Et son regard explora l'océan ;
Mais il ne put alors y reconnaître
Que la lueur d'un beau jour expirant.

L'air était pur ; la mer était unie
Comme une glace. Officiers, matelots,
Faisaient le quart, tantôt de compagnie,
Tantôt épars, couchés sur les ballots.

De temps en temps une brise légère
Vers l'occident poussait le bâtiment,
Et le jeune homme entendait le corsaire
Articuler quelque commandement.

Don Stéphano fut la nuit tout entière
Morne, pensif, abattu, soucieux ;
Quand le sommeil pesa sur sa paupière,
Déjà le jour renaissait dans les cieux.

Mais le sommeil ne put de sa pensée
Bannir l'objet de ses tendres penchans ;
En songe il vit sa chère fiancée
Lui prodiguer les soins les plus touchans.

Il vit ces traits, cette grâce enfantine,
Ce teint vermeil, ces yeux pleins de langueur ;
Il entendit cette voix argentine
Dont les accens faisaient battre son cœur.

Il se croyait dans la grotte sauvage,
Témoin discret de ses plus heureux jours ;
Il lui semblait errer sur ce rivage
D'où ses destins l'éloignaient pour toujours.

Il dormit peu. La fraîcheur du zéphyre,
Les joyeux chants des mousses vigoureux,
Se cramponnant aux agrès du navire,
Mirent un terme à ses rêves heureux.

La mer avait une sombre nuance ;
Le vent soufflait de l'est. A l'horizon
Il aperçut une grande éminence
D'un bleu foncé, vers le septentrion.

«Où sommes-nous? Quelle est donc cette terre?»
Dit Stéphano surpris, tout en s'armant
De son poignard et de son cimeterre,
Qu'il retrouva dans son appartement.

« On l'appelait autrefois Sicanie,
Lui répondit le pirate, en entrant.
Elle a changé de nom et de génie
Depuis Dion et Denys-le-Tyran.

— Quoi ! nous avons dépassé la Sicile ?
— Oui ; ce matin j'ai vu Fernandina.
— Fernandina ? — C'est une petite île
Entre la côte et Pantellaria.

Tout récemment la Méditerranée
A mis au jour ce superbe avorton...
Ah ! nous aurons une belle journée...
Le déjeûner nous attend... venez donc. »

Don Stéphano le suivit sans rien dire
Jusqu'au tillac, où s'étaient rassemblés
Les principaux officiers du navire,
Les uns debout, les autres attablés.

Dans leur costume on voyait l'élégance,
La grâce exquise et le bon goût natal
Des gais enfans du beau pays de France
S'associer au luxe oriental.

« Messieurs, leur dit en entrant le corsaire,
Je vous présente un jeune Ibérien
Que parmi nous un coup de vent contraire
A fait tomber... Le luron se bat bien.

Fabio sait ce que vaut son épée,
Car il était au nocturne combat
Où John Pudding eut la tête coupée,
Et dans lequel Hunghermann succomba.

— Oui, capitaine, et dans cette algarade,
Dit en riant le second lieutenant,
Si j'eusse été moins prompt à la parade,
Je ne sais où je serais maintenant.

Vous vous servez fort bien de l'arme blanche,
Don Stéphano ; mais nous avons ici
Quelques gaillards solides sur la hanche,
Qui, croyez-moi, s'en servent bien aussi.

—Allons, messieurs, dit Zambo, prenez place;
Mangeons gaîment, et surtout buvons frais.
Pélopidas, nous avons de la glace?...
Bien... Botzari, verse-nous du xérès.

N'avons-nous pas à bord de la frégate
Douze Français, vingt Grecs, un Romagnol,
Trois Portugais, l'Américain Newgate,
Cinq Polonais, et ce jeune Espagnol?

— Votre calcul est parfaitement juste;
Vous connaissez nos pays différens,
Comme César, s'il faut croire Salluste,
Savait le nom de tous ses vétérans.

—Mon cher ami, dit gaîment le corsaire,
En vérité, je ne m'attendais pas
A rencontrer César en cette affaire...
Mais qu'est-ce donc que j'aperçois là-bas?

Est-ce une voile, ou bien une mouette
Qui bat de l'aile en tournant sur les flots?
Quelqu'un de vous a-t-il une lunette?...
— Une voile! oh! dit un des matelots.

— Voile sud-ouest! répéta la vigie
Qui se tenait en observation
Sur le grand mât.—C'est un brick, sur ma vie!
Dit le forban, sans hésitation.

— Un brick? voyons... Permettez, capitaine,
Dit l'officier; l'œil nous trompe souvent:
Oui, c'est un brick; oui, la chose est certaine;
Il vient sur nous toutes voiles au vent.

— Nous l'attendrons, répondit le corsaire;
Et puisqu'il veut nous épargner l'ennui
De le poursuivre, il n'est pas nécessaire
D'accélérer notre course sur lui.

Zanno, ferlez les deux voiles de hune
Et d'artimon ; ferlez, et sans délai ;
Aux boute-hors n'en laisez voir aucune ;
Ne conservez que les voiles d'étai. »

Zanno transmit les ordres de son maître
Aux matelots ; cinq minutes après ,
Foque, trinquette : on vit tout disparaître ;
Rien ne flottait autour des noirs agrès ,

Rien , excepté deux basses-voiles vertes ,
Qui , se perdant sur l'élément amer,
Ne pouvaient être aisément découvertes ,
En plein midi, d'un quart de lieue en mer.

Les flibustiers, armés de leurs lunettes ,
Examinaient d'un œil d'avidité
Le pauvre brick ; aidé de ses bonnettes ,
Il avançait avec rapidité.

Bientôt on put découvrir sa carène
Inoffensive, aux contours gracieux;
Elle fuyait sur la liquide arène,
Comme l'étoile ou l'éclair dans les cieux.

« Ce brick manœuvre avec art et justesse,
Dit Lusignan; mais qui peut l'engager
A déployer une telle vitesse?
Sans doute il court quelque pressant danger.

Que savons-nous? il se peut qu'un pirate,
Continua l'officier grec-français,
Lui donne chasse et cause cette hâte
Qui... Mais, tenez! qu'est-ce que je disais?

Regardez bien la ligne lumineuse
De l'horizon, où le ciel touche l'eau;
Vous y voyez une ombre vaporeuse,
Comme un nuage... Eh bien! c'est un vaisseau.

— Il a raison, messieurs, dit le corsaire,
Après avoir exploré l'horizon ;
Je ne saurais soutenir le contraire ;
C'est un vaisseau, Lusignan a raison !

Voilà le mot trouvé : le voile tombe ;
La vérité se montre en tout son jour ;
Et le brick est l'innocente colombe
Fuyant devant le farouche vautour.

C'est cela... Mais la colombe innocente
Tourne sa proue un peu trop vers le nord ;
C'est bien le flanc que le brick nous présente ;
Assurément il a viré de bord.

Attention, messieurs, je vois paraître
Un pavillon... Tenez, don Stéphano,
Regardez bien, vous devez le connaître ;
Car c'est celui du fier Castillano.

— Oui, je connais ces nobles armoiries.
Messieurs, j'attends une grâce de vous,
Je la demande au nom de vos patries,
De l'amitié qui va naître entre nous.

—Don Stéphano, banissez vos alarmes,
Dit le forban ; ne craignez nul danger
Pour votre brick ; nous vous offrons nos armes
Pour le défendre ou pour le protéger. »

Après ces mots, le vieux Zambo lui-même
Alla chercher et lui-même arbora
Le pavillon dont le gothique emblême
A pour devise encor : *Nec plus ultra.*

Lorsque la brise enfla cette bannière,
Le brick ferla ses voiles de l'avant,
Et disposa ses espars de manière
A mettre en panne, en se rangeant au vent.

Quelques signaux ensuite s'échangèrent;
Et, poursuivant leur route lentement,
Les flibustiers cependant s'approchèrent
Jusqu'à cent pas du petit bâtiment.

« Le porte-voix! s'écria le corsaire;
Apportez-moi le porte-voix, Zanno!
Il eut bientôt l'instrument nécessaire;
Alors il dit au jeune Stéphano :

« Tenez, prenez ce porte-voix, jeune homme;
Et demandez, en bon ibérien,
D'où part le brick et comment il se nomme;
Car l'espagnol... moi, je n'y comprends rien. »

Don Stéphano fit d'une voix sonore
Les deux questions. « Nous sommes l'*Amadis*,
Répondit-on ; capitaine Zonore ;
Gagnant Ostie, et venant de Cadix.

— Quel pavillon flotte sur la frégate
Que vous fuyez? demanda Stéphano,
Après avoir consulté le pirate.
— Hollandais. — Vite, en mer votre canot !

Veuillez avoir la bonté de vous rendre
A notre bord, avec deux de vos gens;
Nous désirons avec vous nous entendre
Sur quelques points assez intéressans. »

Moins d'un quart-d'heure après ce dialogue,
Zonore, aidé de deux vaillans rameurs,
Avait fendu les flots sur sa pirogue,
Et toastait avec nos écumeurs.

« Entendez-vous la langue des Cyclades?
Lui demanda le corsaire. — Oui, très-bien,
Lui répondit Zonore, entre rasades,
Depuis trente ans je parle ionien.

—Bon; nous pourrons causer tout à notre aise.
N'avez-vous pas quelque renseignement
A me donner sur cette hollandaise
Qui vous pourchasse avec acharnement ?

— C'est un croiseur de Guillaume d'Orange,
Grand destructeur de pirates, dit on ;
Mais ce qui va vous sembler fort étrange,
C'est qu'il n'en veut qu'aux forbans sans canon.

—De quelle force à peu près peut-il être?
— Sept cents tonneaux.—Combien a-t-il de dents ?
— Quarante au moins. — Ce soir j'en serai maître.
—De tels projets sont beaux, mais imprudens.

— Imprudens? Oui, capitaine Zonore,
Si nous n'avions pour livrer nos combats
Que ces canons; mais nous avons encore
D'autres canons que vous ne voyez pas.

Chaque entre-deux de ces pièces de quatre
Est un panneau mécanique construit
Sur le sabord ; ces panneaux vont s'abattre
Et découvrir douze pièces de huit.

Un peu de ruse est parfois nécessaire
Dans notre état, comme vous allez voir ;
Et quand viendra votre croiseur-corsaire,
Nous serons prêts à le bien recevoir. »

Et cependant la voile convoitée
De plus en plus s'élevait sur les flots ;
Bientôt on put distinguer sa bordée,
Puis sa carène, et jusqu'à ses dalots.

La conjoncture était intéressante ;
Les officiers, chacun selon son rang
Ou son emploi, parcouraient *l'Atalante*,
Et transmettaient les ordres du forban.

Le commandant de chaque batterie,
Ferme à son poste, était prêt à donner
L'ordre aux pointeurs, et cette artillerie
Au premier mot des chefs allait tonnner.

Les flibustiers, pleins d'ardeur et de joie,
Avaient soudain dévasté l'arsenal ;
Ils étaient prêts à fondre sur leur proie ,
Et du combat attendaient le signal.

Don Stéphano , le corsaire , Zonore ,
Timoléon , Lusignan , Levasseur,
Pélopidas et bien d'autres encore ,
Avaient les yeux fixés sur le croiseur.

Il n'était plus qu'à portée et demie
Des écumeurs , et leur venait d'avant ;
Pour se hâter dans sa course ennemie ,
Il avait mis ses bonnettes au vent.

«Vous courez bien, mes drôles. Ah ! sans doute,
Dit le corsaire, en riant aux éclats,
Vous présumez que pour piller ma soute
Il ne s'agit que d'allonger le bras.

Vous contemplez ma paisible carène
Avec les yeux de la cupidité...
C'est le destin qui vers nous vous entraîne,
Pour vous punir de votre avidité.

—Entendez-vous les tambours? dit Zonore;
On se dispose à nous attaquer. — Non,
Non, capitaine; ils sont trop loin encore;
Je n'ai pas peur ici de leur canon. »

En ce moment la lueur d'une amorce
Sortit de l'un des sabords du croiseur;
Puis aussitôt, dans les airs, avec force,
L'explosion suivit ce précurseur.

On vit pendant trois ou quatre secondes
Le noir boulet bondir sur l'océan ,
Rouler, glisser, et mourir sous les ondes ,
A trente pas de l'avant du forban.

« Un peu trop court, dit Zambo... Je vous prie
De nous montrer, mon vieux Simon Rollon ,
Quand vous serez à votre batterie ,
Si *Jeanne d'Arc* n'a pas le bras plus long.

—Vous allez voir à l'instant, capitaine ,
Dit l'artilleur en pointant son canon ,
Si les Normands savent semer leur graine ,
Et si ma *Jeanne* est digne de son nom. »

Simon Rollon mirait avec justesse ,
Et ne faisait sa besogne à demi.
Le coup partit : soit hasard , soit adresse ,
Le boulet fit grand tort à l'ennemi.

Il atteignit le croiseur de volée,
Jeta d'abord par-terre un officier,
Et fit voler au loin dans l'eau salée
Le rouge chef du maître timonnier.

Puis, poursuivant sa course meurtrière,
Il abattit trois ou quatre soldats,
Et pénétra dans le gaillard d'arrière,
Non sans y faire encor quelques dégâts.

« Bravo ! Simon ; c'est un vrai coup de maître,
Dit le corsaire ; allons ! fais recharger ;
Avant qu'ils aient le temps de se remettre,
Dépêche-leur un autre messager. »

Ce second coup ne se fit pas attendre,
Et ne fit pas moins d'honneur à Simon
Que le premier : le globe alla se rendre
Droit à son but : il frappa l'artimon.

Ce mât ne put supporter la secousse :
On vit tomber le pic, le pavillon,
Et le chouquet, et la hune, et le mousse
Qui s'y tenait en observation.

Simon, avec une adresse incroyable,
Expédia coup sur coup son métal,
Et mit bientôt un désordre effroyable
Dans les espars du corsaire royal.

Il riposta de toute sa bordée;
Mais il n'avait que des pièces de huit;
Et nos forbans étant hors de portée,
Ses vingt canons ne firent que du bruit.

« Allons, Robert, dit alors le pirate,
En s'avançant vers un autre canon,
Le *Beau-Dunois* peut, avec la frégate,
Avoir un mot de conversation.

Pointe, Robert ; ajuste le misaine ;
N'épargne poin les vergues et les mâts...
Pointe plus haut... ménage la carène ;
Arrêtons-la , mais ne la coulons pas. »

Le *Beau-Dunois* seconda bien la *Jeanne :*
Tous deux bientôt firent de tels dégâts
Sur le croiseur, qu'ils le mirent en panne,
Ne lui laissant voile ni vergue aux mâts.

« Messieurs, pourquoi différer davantage ?
Notre ennemi déjà ne peut bouger ;
Allons ! il faut essayer l'abordage ;
Sur son arrière il faut nous diriger.

Ho ! déferlez les foques, la trinquette !
Ho-là ! ho-là ! des matelots aux mâts !
Hâtons un peu l'instant de la conquête.
Hardi ! Zanno ! Nous ne démarrons pas ! »

En commandant lui-même la manœuvre,
Dans tous les cœurs Zambo mit la gaîté ;
Dix matelots mirent la main à l'œuvre ;
En un clein-d'œil tout fut exécuté.

Le Hollandais fit feu de sa bordée ;
Mais ses boulets se perdirent dans l'eau.
Zambo se tint toujours hors de portée,
En canonnant l'immobile vaisseau.

Dans un moment de calme il fit entendre
Sa voix sonore à Van Ruyter-Willon,
Et, d'un batave assez dur à comprendre,
Il le somma de baisser pavillon.

Sur le refus que lui fit de se rendre
Ruyter-Willon, notre vieux flibustier
Lui répondit : « Songez à vous défendre,
Et n'attendez de nous aucun quartier. »

Faisant alors tout à coup disparaître
Sept ou huit ais qui masquaient son canon,
Un feu roulant, conduit de main de maître,
Aux Hollandais fit déserter le pont.

Sans hésiter un instant, le pirate
Jette son croc sur le pont hollandais,
Et bravement aborde la frégate,
Bien escorté de Grecs et de Français.

Willon, suivi d'une troupe d'élite,
Court au-devant de notre aventurier;
Jean Levasseur sur lui se précipite;
Entre eux s'engage un combat meurtrier.

Le Hollandais bientôt mord la poussière;
Ses officiers, consternés de sa mort,
Irrésolus, font un pas en arrière,
En demandant à grands cris du renfort.

En un moment leur troupe fut grossie
De tous les gens qui se trouvaient à bord
De la frégate ; alors Zambo s'écrie :
« Ouvrez vos rangs, amis !... feu de stribord ! »

A ce signal , du flanc de *l'Atalante*
On vit sortir une vive lueur,
Avant-coureur de la grêle brûlante
Qui balaya le tillac du croiseur.

Elle coucha vingt Hollandais par-terre ;
Soixante encor restaient ; on se battit :
Il en tomba vingt sous le cimeterre
Ou l'esponton ; le reste se rendit.

Ainsi finit l'escarmouche navale ;
Zambo garda cinq ou six matelots
Et les blessés ; il jeta dans la cale
Les prisonniers, et les morts dans les flots.

Il acheta peu cher cette victoire :
Quatre blessés, un mort. Dans le conflit
Si les forbans trouvèrent quelque gloire,
Dans son issue ils trouvèrent profit.

Les coffre-forts de leur lourde capture
étaient remplis de ducats et d'écus.
Quoique la source en fût peut-être impure,
Les conquérans mirent la main dessus.

Chaque officier eut pour sa part de prise
Vingt mille écus. Les marins de tous rangs
Avaient des droits aux gains de l'entreprise ;
Le moindre mousse eut un millier de francs.

Quand le forban eut fini ce partage,
Il visita le corsaire royal,
Les entre-ponts, les gabords, le bordage,
Les magasins, les caves, l'arsenal.

Ensuite il mit tout le monde à l'ouvrage
Pour rassembler mille débris épars
Et réparer quelque peu le dommage
Que le canon avait fait aux espars.

Dans ces travaux s'éteignit la journée ;
Déjà régnait le soir silencieux ;
L'air était pur ; la Méditerranée
Réfléchissait l'azur doré des cieux.

Ce fut alors qu'on vit une chaloupe
Quitter le flanc du brick, fendre les eaux,
Et diriger sa course vers la poupe
Du bâtiment pris aux croiseurs royaux.

Quelques instans après, un gentilhomme
Entre ses bras pressait don Stéphano,
Et d'amitiés accablait le jeune homme.
C'était... c'était don Carlos d'Almago.

Ce tendre père, alarmé du silence
De son enfant, pendant un an entier,
Lassé d'écrire, et perdant patience,
A Rome allait chercher son héritier.

On se rendit sur le corsaire hellène ;
Là, don Carlos, radieux, triomphant,
Fit, coup sur coup, et sans reprendre haleine,
Mille questions à son unique enfant.

Il répondit comme il devait répondre,
Et lui conta sa tribulation
Avec esprit, clarté, sans rien confondre,
Rien altérer dans sa narration.

En terminant il lui vanta les charmes
Et la bonté de son ange gardien.
Son père en fut attendri jusqu'aux larmes,
Et consentit à leur tendre lien.

Le flibustier était loin de s'attendre
A cette issue; il en fut enchanté,
Car il aimait sa fille d'amour tendre,
Et cet hymen fut bientôt arrêté.

Il conduisit don Carlos et son gendre
Dans sa cabine; Ali les attendait.
Le petit Turc semblait ne pas entendre
Leur entretien; pourtant il l'entendait.

Il l'entendait; car on le vit sourire,
S'approcher, puis embrasser Stéphano.
Qui donc était ce Turc? Faut-il le dire?
Ce Turc était... la fille de Zambo.

FIN.

ÉVERAT, IMPRIMEUR, RUE DU CADRAN, N° 16.

www.ingramcontent.com/pod-product-compliance
Ingram Content Group UK Ltd.
Pitfield, Milton Keynes, MK11 3LW, UK
UKHW021229140726
13695UKWH00002B/845